Philippe PREBET

SIGNE

LABIANO Rodolphe LE TENDRE

MISTER GEORGE

1

LE LOMBARD

Merci à Christophe Gibelin pour son "soutien logistique" et à Nadine pour tout le reste.

Hugues.

Première édition

D/2003/0086/287
ISBN 2-80361-227-5

Dépôt légal : août 2003
Imprimé en Belgique par Proost

LES EDITIONS DU LOMBARD
7, AVENUE PAUL-HENRI SPAAK - 1060 BRUXELLES - BELGIQUE

www.lelombard.com
signe.lelombard.com

"... C'était votre ami Mike Marshall et sa fameuse émission MusiK_MusiK, un programme réalisé grâce au concours des corn_flakes Teddy Bear !... Et manger Teddy Bear fait des centenaires !..."
"...Il est maintenant 23 heures et voici le flash d'informations ..."
"... Deux morts et six blessés, tel est le bilan de l'attentat commis cet après_midi, à New york, sur la Vème Avenue ..."
"... Aucune revendication n'a encore été faite mais les experts du Pentagone penchent pour une nouvelle action de l'A.R.C., la Ligue Arabe Révolutionnaire ..."
"... L'émoi dans le pays est grand et les sénateurs de l'opposition comptent demander à la Maison-Blanche la levée immédiate de toutes relations diplomatiques et économiques avec ..."
Les islamistes, ouais !... encore les autres fous!
"... Les pays du Golfe qui soutiennent l'A.R.C.."
Qu'est_ce que je disais !
Herb !... Attention !
?!
V...VROOOMMMM M...
1

"Rappelons que cette série d'attentats ..."
"...qui a débuté il y a deux semaines, lors de l'ouverture des Primaires, met en cause non seulement la politique extérieure du Gouvernement ..."
"...mais encore la candidature de l'actuel Président au renouvellement de son mandat."
TOP SECRET Confidential Defense
Il roulait à plus de 100 miles, je te dis ! Je suis à 60; je me rends bien compte de la vitesse !...
Un fou, oui ! un danger public !
"Ecoutons à ce sujet la déclaration faite par le porte-parole du Président, Mr. Bailey ..."
T-T-T-
"... à la sortie de la réunion exceptionnelle"
CLIC!
oui, Kate ?
Tout le monde est là ?...
OKay ! Dites-leur que j'arrive ... je serai sur place dans une vingtaine de minutes et ...
BAM
2

iiiiiiii
George ?
George ?
HEY?!
iiiiiiiiiiii
CRASH
BIP
BIP
BIP

WOO WOO WOO WOO
...Coupé Jaguar... 2 KAB 218 ... oui, J'y ai pensé tout de suite ! Vous avez prévenu les Services Spéciaux ?
Un hélico ? Ah, parfait !...
Poussez-vous ! Poussez-vous ! Place !
Presse ! Laissez-nous passer !...
Impossible ! restez où vous êtes !
Tiens, v'là les vautours !
A toi !... Doucement ... Doucement !...
C'est bon, les gars...
... On prend la relève !
Il est salement amoché !
Laissez l'oxygène branché !
FLOP
HÉÉ ! Regarde ça !

4

FLOP
FLOP
FLOP
On va voir...
...Faites dégager le périmètre de sécurité ! Je ne veux voir personne ici !
Portez-le à l'hélicoptère !... vite !
Mais ?
Fichtre ! Une intervention des "Spéciaux" !... Ce mec-là ne doit pas être n'importe qui !
T'as pris le numéro de la Jag ?
Colonel ?... C'est Wenbton... oui, on y est... ils l'amènent à l'hélico...
...Bien amoché, oui ...Il respire encore mais on peut craindre le pire ...
Alors ?
Un sale coup ... un très sale coup !... D'après Wenbton, il n'a pas grand chance de s'en tirer ...
Mhm... Appelez le Président !
5

Tiens !...
Son attaché-case !
Le colonel Hawks ?... A cette heure-ci ?... Qu'est-ce que ...
Passez-le-moi !
Hein ?... George ?...
Un accident de voiture ?...
Grave ?
Mais je m'en fous, moi ! Il me le faut ! Vous savez tout ce qu'il représente, oui ? Alors, démerdez-vous, mais ... Sauvez-le !
Le pouls est au plus bas ...
C'est la fin !
Teddy Bear
the Best
Corn Flakes
FLOP

6

«Comme c'est étrange. Depuis le temps que nous habitons Selby, il ne m'est jamais venu à l'idée que je ne connais rien du monde hormis ces rues paisibles et ces maisons aux couleurs tendres ...»
« Selby, ville étape de Pennsylvanie, entre Pittsburgh et les lacs ... »
West
3
« 24000 âmes, 11 églises, 6 mégastores, 3 drive-in, 2 piscines ... »
Joe's
« Ses pelouses bien entretenues, son stade où, mercredi prochain, notre équipe rencontrera les Bulldogs d'OaKfields ... »
13
North
« Et sa glorieuse police municipale ... »
BURGER
11031
selby
POLICE

7

« Ici, tout le monde se connaît ... »
« D'ailleurs, rien de tel qu'une petite promenade le long de Main Street pour faire le tour des personnalités les plus marquantes de Selby... »
olson
« A gauche, nous avons Mr. Eliade, directeur de la Valley Bank of Pennsylvania et membre influent de notre Chambre Economique et Sociale... »
JenKins
« A droite, Miss Simmons, la bibliothécaire... une perle rare pour les petits comme pour les grands ... »
« Là-bas, à l'angle, Gino. C'est chez lui qu'on trouve la meilleure pizza de l'Etat - qu'il dit -... »
Gino's
Gino'S
11031
« Et là, à côté du terre-plein, le garage de Price ... »
« Peut-être pas le meilleur ni le plus beau mais c'est le mien !... Eh oui, Price, c'est moi !... »
selby
POLICE
8

DRiiiN...
Bon!... au boulot maintenant!... Une petite cigar...
!?
George!... C'est miss PeacocK, elle demande si elle peut passer prendre son breaK?
Son breaK?
Dis-lui que j'aurai la pièce demain matin. Qu'elle vienne en début d'après-midi...
Miss PeacocK...
Cette brave miss PeacocK pour qui les mystères de la jauge à huile resteront toujours insondables!
Elle passera demain à trois heures!... Ça ne va pas, George?
Pourquoi ça n'irait pas?
Je ne fais que te contempler! Tu es belle comme un coeur!
Eh oui! Ce radieux petit soleil, c'est mon épouse, ma Tracy à moi!... Quel heureux homme je suis!

Idiot, va !
En attendant, n'oublie pas que Walt vient dîner ce soir !... Tâche de ne pas terminer à des heures impossibles !...
OKay, Sweetheart ! C'est noté : à 7 heures pile, je ferme la boutique et en route vers la douche et le Martini !...
Faudra que je pense à dire un mot à Walt à propos des cigarettes !... C'est quand même curieux, ce réflexe idiot : chercher des cigarettes quand on n'est pas fumeur ... quand on n'a jamais été fumeur ...
... ou comme l'autre jour : chercher l'interrupteur des toilettes à gauche ...
... alors que, bien sûr, il est à droite de la porte et qu'il l'a toujours été ...
... M'ouais ... Je sais d'avance ce qu'il va me répondre ...
... petites séquelles de votre opération, rien d'important, George !... Une opération au cerveau, ce n'est quand même pas une appendicite !... Normal que vous ayez de ... légers troubles ...
Bon, si ça devait s'intensifier, d'accord, on pourrait envisager de refaire des analyses mais, a priori, le traitement que je vous ai prescrit vous convient ...
Eh, les hommes ! A table ! Le dîner est servi !
... ce brave Walt !...

10

Walt, il faut dire, c'est à la fois mon voisin, mon toubib et mon beau-père ...
Décidément, qu'est-ce que je ferais sans lui ?
Il n'a pas tort de me dire de me décontracter. Depuis mon opération, j'ai tendance à m'angoisser pour plein de petites choses ...
C'est vrai que retirer une tumeur au cerveau, c'est une sacrée opération... et que j'ai eu un fichu bol de m'en remettre aussi vite ...
... aussi vite et aussi bien ...
PiiiP... Piii
?
Oui ?...
DRIVE WITH
Repa
Excusez-moi de vous déranger mais ...j'ai un problème... C'est sans doute l'allumage ...je n'arrête pas de caler ...
Sssh !... C'est quoi ?... Une Jaguar ?
Fichtre ! Sacrée bagnole !...
... L'ennui, c'est que je n'y connais rien à ces voitures-là ! C'est la première de ce modèle que je vois !
Soyez chic !... Je dois absolument être à Pittsburgh pour la soirée ... Ce n'est peut-être pas grand-chose !
Ça !...
11

Merci ! Vous êtes sympa !...
Jeter un coup d'oeil, je veux bien... ...mais je ne vous promets rien ...
C'est le type de la pizzeria dans la Grand' Rue, Gino, qui m'a dit de venir vous voir ...'Paraît que vous êtes le meilleur garage du coin ...
Ouais. Et lui, il prétend tenir la meilleure pizzeria de l'Etat !...'Pouvez me passer le tournevis ?...
Mettez le contact ...
Tout de suite !
VRO...OOM...

12

Accélérez pour voir !... Ça a l'air d'être reparti normalement. Lâchez maintenant ...
... OKay, c'est bon !
Elle ne cale plus !... Vous avez réussi !...
Vous m'avez bien eu tout à l'heure en me disant que c'était la 1ère Jaguar que vous voyiez !...
Pourtant ... Je vous assure ...
... Si c'est vrai, Vous êtes rudement Fortiche, alors !... Je vous dois combien ?...
13

Tracy ?
Oui ?...
Je voulais te demander...
Ça va te sembler idiot mais ...
... Est-ce qu'on a déjà eu une Jaguar ?...
Hein ?... Tu plaisantes ou quoi ?
Et avec quoi se la serait-on payée, ta Jaguar ?
Je n'en sais rien ... On aurait pu nous la prêter !?...
Et qui donc ?... Le fils aîné des Rothschild ?... Ton cousin Rockefeller ?...
Pourquoi me demandes-tu ça ?
Je ne sais pas ... Tout à l'heure, quand je me suis occupé du coupé de ce type ...
Qu'est-ce qu'on avait comme voiture à Washington ?
Tu ne te souviens donc pas !... Une vieille Ford 82 !
Tu n'as toujours aucun souvenir de l'époque de ... d'avant ton opération ?
for Beauty

Si... enfin, non, pas vraiment !... Tu sais, toi et Walt m'en avez tellement parlé que je n'arrive plus à distinguer les choses que vous m'avez dites de celles dont je me souviens...
L'appartement quand même ?...
1110, Willow Brook Avenue... Oui, je connais l'adresse puisque tu me l'as dite, mais impossible de me représenter l'immeuble, ni même le quartier...
Et ton bureau ?... la banque, tu ne te souviens pas ?
Bank of America... l'agence de Porte-Road...
Ah, quand même !...
Oui, mais c'est pareil : j'ai l'adresse mais je ne vois pas du tout le... le...
DICLIN... DONG
...DONG
Ça... Je sais qui c'est !...
Bonsoir, papa !
Bonsoir, ma chérie !... George est là ?
Hello, George !
Hi, Walt !
Je n'arrive pas trop tard ?... Tracy vient de me dire qu'il reste un fond d'apéritif...
Oh, papa...
Alors, la journée a été bonne ?... Pas de nouvelle lubie ?... Les interrupteurs n'ont pas changé de côté ?...
Euh...
... Non... Tout va bien !

15

Tout va bien, oui ... Très bien !... Trop bien même ...
Bientôt quatre mois que nous sommes installés ici et les jours s'écoulent, paisiblement, sans anicroches. Bien sûr, Tracy et Walt m'entourent de leur affection et de leurs soins et le travail ne manque pas ...
Deux fois par semaine, régulièrement, nous terminons notre soirée avec un jeu de stratégie que Walt affectionne tout particulièrement ...
Je ne sais pas pourquoi mais lui refuser ce plaisir serait déplacé !...
Pourtant il a beau s'entêter : il ne gagne jamais !...
... ni lui, ni Tracy ...
Bien sûr, nous en rions souvent ... comment l'expliquer ?... Je ne sais pas pourquoi, j'ai l'impression que tout cela sonne faux !... Oui, comme si, autour de moi, le monde n'était qu'illusion !... Comme si moi-même ... je n'existais pas !!...
Mon Dieu ! Est-ce que je deviens fou ?...

Une coïncidence?
... Une simple et curieuse coïncidence ?... Non, Je n'arrive pas à y croire : même taille, même visage, mêmes expressions ...
Je suis sûre que c'est lui !...
PRICE
Repairs
Lui. Sans sa barbe et ses cheveux, vieilli de quelques années !
D'après mes recoupements, il est arrivé à Selby il y a six mois... Location de sa maison ... du garage ... oui, les dates concordent...
...et correspondent à quelques semaines près à la soi-disant exécution de Valentine ...
CAGO
Tribune
Peine de mor
pour Georg
Valentine
Les jurés de la Cour Suprême ont annoncé leur verdict dans la soirée. Les avocats des Familles des victimes ont déclaré à la sortie du Tribunal leur satisfaction que Justice soit faite.
DRR
Allô ... Miss Lee ?...
Miss Jennifer Lee ?...
La Jennifer Lee du "Selby Clarion" ?...
?!

17

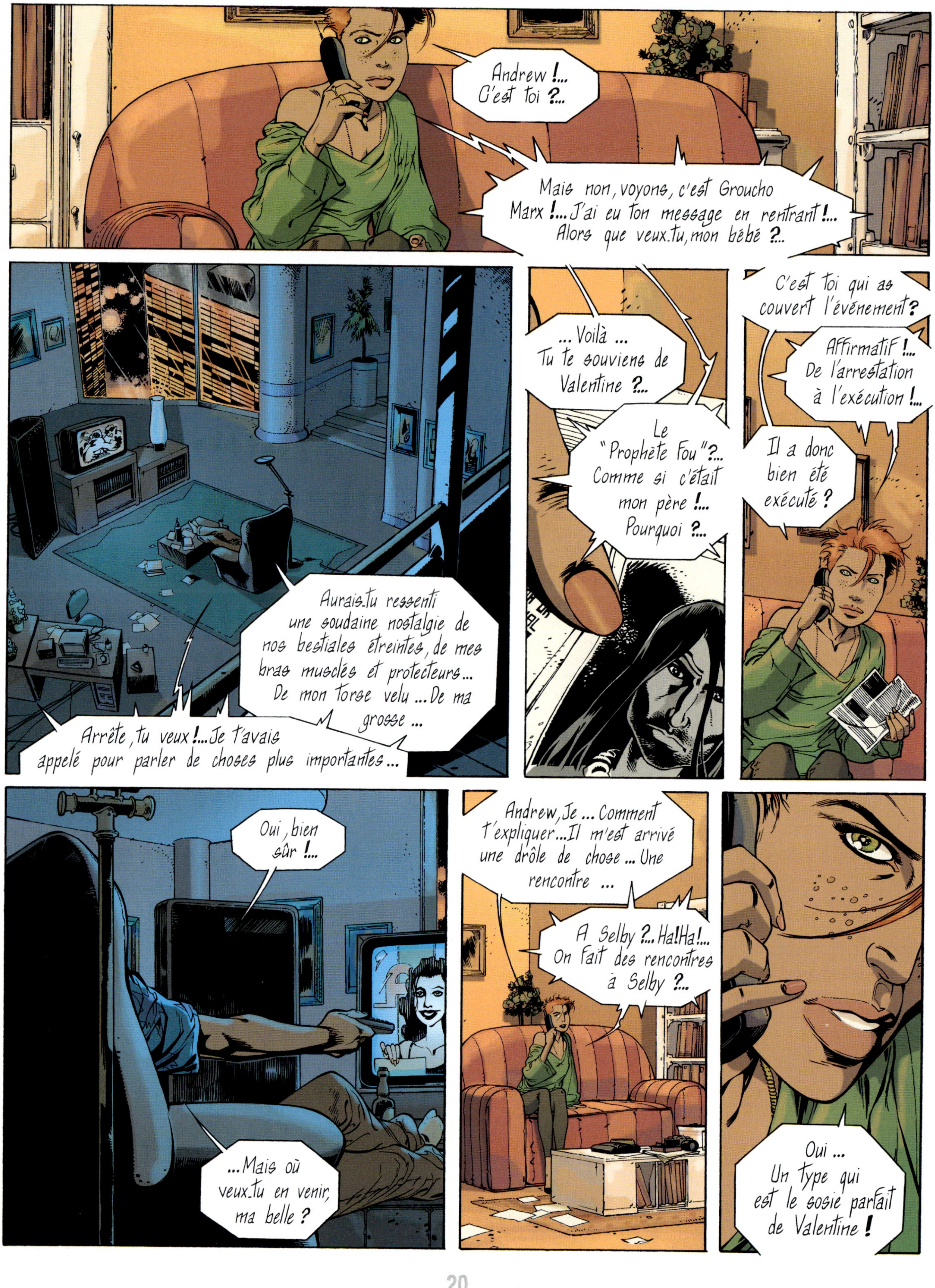
Andrew !... C'est toi ?...
Mais non, voyons, c'est Groucho Marx !... J'ai eu ton message en rentrant !... Alors que veux-tu, mon bébé ?...
Aurais-tu ressenti une soudaine nostalgie de nos bestiales étreintes, de mes bras musclés et protecteurs... De mon torse velu ... De ma grosse ...
Arrête, tu veux !... Je t'avais appelé pour parler de choses plus importantes...
... Voilà ... Tu te souviens de Valentine ?...
Le "Prophète Fou" ?... Comme si c'était mon père !... Pourquoi ?...
C'est toi qui as couvert l'événement ?
Affirmatif !... De l'arrestation à l'exécution !...
Il a donc bien été exécuté ?
Oui, bien sûr !...
...Mais où veux-tu en venir, ma belle ?
Andrew, Je ... Comment t'expliquer... Il m'est arrivé une drôle de chose ... Une rencontre ...
A Selby ?... Ha!Ha!... On fait des rencontres à Selby ?...
Oui ... Un type qui est le sosie parfait de Valentine !

Bon et alors ?... Les sosies, ça existe, non ?... Même moi, on me prend souvent pour Schwarzenegger, c'est te dire !...
Pauvre Arnold, s'il savait.
Bon sang, Andrew !... Vas-tu m'écouter ? ...Je suis sérieuse !!
Ce type ... Ce George Price... Il n'y a pas que la ressemblance physique, il y a aussi les dates ! Tout concorde !... Je veux seulement savoir si tu as assisté à l'exécution, Andrew !... Si tu l'as vu... Mort !!
OKay, baby ! Du calme !... Tu sais bien que la presse n'est pas autorisée à ce genre de cocktail. Tout ce que je peux te dire, c'est que l'administration a bien fait son boulot. J'ai eu le compte rendu officiel ... Que veux-tu d'autre ?
Je vais te le dire ce que je veux ... Ecoute ...
OKay !... Après tout, si ça peut te faire plaisir mais ... Dis-toi bien que si je me mouille dans cette affaire, c'est uniquement en souvenir des nuits torrides que j'ai passées entre tes seins marmoréens !... Bye, sweetheart !...
Merci, Andrew.
19

"Nous ne pouvons hélas pas exclure la possibilité d'une action de représailles sous forme d'intervention directe et armée.", a déclaré hier soir le président au Congrès dans un discours fort remarqué ..."Il est inacceptable que les Etats-Unis, 1ère puissance mondiale ..."
"...tolèrent que d'autres attentats terroristes puissent être ainsi perpétrés impunément sur son territoire."
"Nous savons où se cachent les terroristes. Nous savons quels pays et quels gouvernements les payent, les protègent et les utilisent."
Corn Flakes
"Aussi, si ces criminelles exactions se poursuivent, nous nous devrons d'intervenir militairement ..."
"... afin d'extraire le mal à sa racine."
Flakes
Une déclaration qualifiée de "musclée" par les commentateurs...
...mais qui a été accueillie avec satisfaction au Sénat par la p...
CLIC!

Fou ! Je suis tout bonnement en train de devenir fou !... La voilà, la seule et unique explication !
Teddy Bear
The Best CORN FLAKES
Ce pauvre Walt s'ingénie à me faire prendre des vessies pour des lanternes !... "Effets postopératoires", tu parles !... La vérité, c'est que je débloque ! Que je débloque totalement !...
Où ai-je rangé ces fichues pilules ?
Et merde ! Pour une fois que j'en avais vraiment besoin !
Est-ce que j'aurais déjà fini le flacon ?
Bon !
Direction, Walt !...
Il doit bien en avoir d'avance dans son cabinet...
Au fait, qu'est-ce que je lui dis ?...
Je lui parle de cette espèce d'état second pendant lequel je ne me suis même pas vu agir ? ...Et... et de ma bouffée de haine envers les cornflakes !?

21

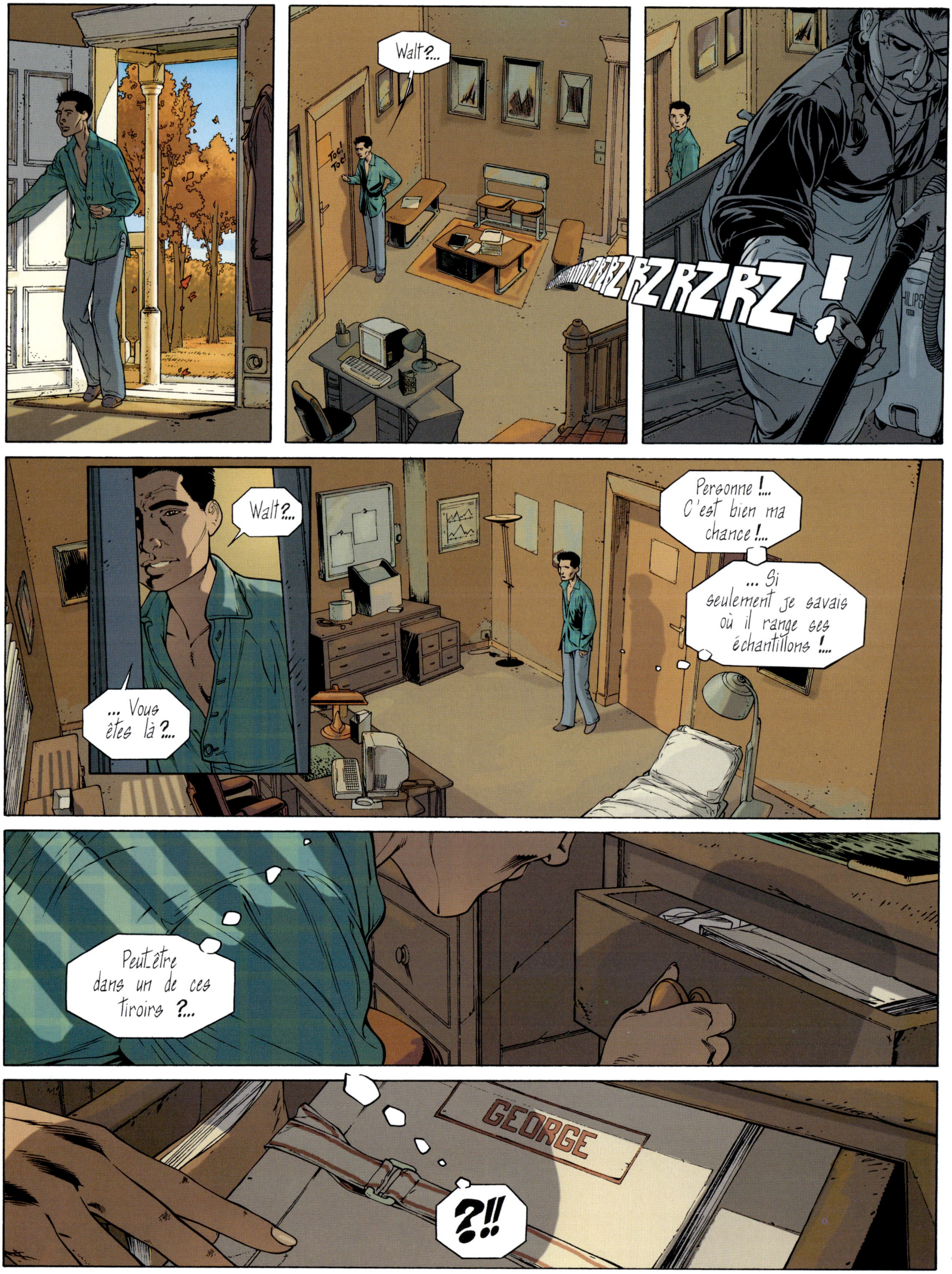
Walt ?...
TOC! TOC!
ZZZZZZZZRZRZRZRZ !
PHILIPS
Walt ?...
... Vous êtes là ?...
Personne !... C'est bien ma chance !...
... Si seulement je savais où il range ses échantillons !...
Peut-être dans un de ces tiroirs ?...
GEORGE
?!!
22

Un dossier à mon nom ?!... Et drôlement épais !... Qu'est-ce que ça signifie ?...
Des courbes, des graphiques... Il y a même des photos d'identité ...
Quand ont-elles été prises ?... Je ne me souviens pas du tout de... Peut-être juste après mon opération?
GEORGE
Bonté divine !... Ça, ce sont les scores de nos parties quand nous jouons le soir !... "Tracy-George-Walt" !...
... Avec dans les marges des annotations comme si ...
Pourquoi Walter me surveille-t-il ainsi ?... Ce n'est pas le travail d'un médecin, ça !... ...Un vrai job d'espion !...
... RZRZRZRZRZRZMM...
RZRZRZRZ...
Merde ! La femme de chambre !
RZRZRZRZ...
23

" Le Feu est à l'origine du Monde. Il a engendré les plantes et toutes les créatures vivantes. Sans lui, l'Univers ne serait que glace, vide et désolation ..."
" Glorifions-Le ! Louanges au Feu Eternel ! Purifions nos corps afin que sa flamme nous libère des ténèbres du Néant."
...Brrr ! Dire qu'il y a des gens qui ont gobé ce genre de bobards !...
Douze morts !... Neuf brûlés au 3ème degré, six mineurs en asile probablement jusqu'à la fin de leurs jours !...
...Oui, voilà le résultat du credo de ce fou dangereux !
La Vie Eternelle par Frère G.VALEN
Je comprends les jurés qui ...
?...
Price ?...
Drôle de façon de sortir de chez son beau-père !?...
CLIC !
...Le docteur Alderson... Diplômé de la faculté de Médecine d'Orlando ...Encore un point à vérifier ...

'Jour, M'sieur George ...
Belle journée, 'ce pas !...
C'est la forme, aujourd'hui ?
Tiens, tiens ?...
...Mais où allez-vous donc, Mr. Price ?...
...Et drôlement pressé avec ça !!...

Cette bonne vieille ville de Selby ...
Ce bon Docteur Walter Alderson ...
Mensonges !.. Mensonges !!!
?
Derrière ses allures joviales, je le sais, oui, Walter m'espionne comme si j'étais un criminel ...
Un criminel ou ... un fou ?!
... Et si tous ses beaux discours n'étaient qu'une façade ... Un subterfuge dicté par la commi_sération ou la pitié pour ... Pour ne pas avoir à m'avouer la vérité !... Me dire que ... Je deviens réellement fou !... Qu'un jour ou l'autre il faudra me faire enfermer ...
Dans ce cas-là, le dossier que j'ai découvert ...
26

Voyons ! Pourquoi veux-tu que Papa t'espionne ainsi ?... Cette histoire de dossier te concernant est absurde !
George, je t'en prie !... Calme-toi ! Tu déraisonnes !...
Pas s'il me considère comme fou, ou le devenant, et qu'il veut me faire hospitaliser !
Absurde !... Tu n'es pas fou, voyons !... Et puis, de toute façon, il m'en aurait parlé !
Il aurait pu t'en parler...
George, je te dis que jamais, devant moi, il n'a dit le moindre mot ou laissé entendre de quelque façon qu'il doutait de ton équilibre ... Tu me crois, j'espère ?
J...Je...
George !... Réponds-moi !... Je t'ai posé une question !...
...Tu me crois, oui ?...
Oui ... Oui, bien sûr... Je te crois, mais ...
Bon !
Que fais-tu ?
Tu m'accompagnes ! On va chez Papa !... Je veux voir ce fameux dossier ...
...Si dossier il y a !...
PRICE
27

Absurde, en effet !... Tracy a absolument raison !... Où avez-vous été chercher tout ça, George ?... Je n'ai jamais eu le moindre dossier vous concernant et pourquoi diable voudriez-vous que je collectionne vos scores de jeu ou vos photos d'identité ?!...
Vous voulez vérifier par vous-même ?...
... OKay !... OKay !... Allez-y !...
Fouillez !... N'hésitez pas !...
Alors ?...
Il n'est plus là...
Ecoutez, George ... Vous me dites avoir cru voir un dossier et je ne mets pas votre parole en doute : vous avez cru le voir !... Malheureusement, ce dossier n'existe pas et n'a jamais existé !...
... A mon sens, il s'agit d'une forme d'hallucination liée à l'état d'excitation morbide dans lequel vous vous trouvez !
Qu'il ne soit plus là ne veut pas dire qu'il n'ait jamais existé !...
George, voyons !
Laisse-le parler !...
... D'accord, George, d'accord : Moi ou quelqu'un d'autre aurait pu le subtiliser avant votre venue !?... Acceptons cette idée ...
Madame Garcia !
S'il vous plaît, Madame Garcia, pouvez-vous venir une minute ?
?
28

Madame Garcia, dites-moi : est-ce que je suis entré dans mon cabinet, ce matin ?
Si vous êtes ?...
...En v'là une drôl' de question !...
Répondez, voulez-vous !...
Ben non !... Vous n'y êtes pas entré !... Vous étiez à vos consultations ...
Et depuis mon retour ?...
Ben non, là non plus !
Et qui d'autre ce matin y est entré ?
Ben ... Moi !...
... Pour le ménage, comme tous les mercredis.
Et à part vous ?
Ben, lui ... Vot' gendre !
Vous...Vous m'avez donc vu ?...
Sûr que j'vous ai vu !... J'ai même trouvé qu'vous passiez un drôle de temps tout seul dans l'cabinet du docteur !... J'sais bien qu'tout ça, c'est pas mes oignons, mais ...
Vous m'aviez donc vu entrer ?!...
Entrer et sortir ! Pour sûr ! Faudrait pas m'prendre pour une aveugle ou une demeurée !...
...Je ...
George ?... Ça ne va pas ?...
J'ai ...J'ai besoin d'un peu d'air ...
George ?!

29

George !?...
?
29 ... 29 ...
29 ...
29 points sur l'échiquier Europe plus 6 disponibles à la Banque Mondiale ... Le joueur les prend ?... D'accord !...
Est-ce que tu as vraiment besoin de te maquiller comme ça ?
La Banque est maintenant vide ... 35 points d'enjeu sur l'échiquier. Attention, c'est quitte ou double ! On relance les dés !...
Oh... Ecoute, George ...
... Pour une fois qu'on est invités quelque part !...
M'en serais bien passé !
HoP!
Quel ours tu fais parfois, George !!!

30

Attention !...
Attention !!!...
Raté !...
Pas de chance aujourd'hui !...
Pour une fois, vous avez perdu... Mon cher George ...
George ... George ... George !!!...
George ... Tu m'entends ?
Il s'est calmé ... Il a dû faire un cauchemar ...
Bien. Le sédatif fait son effet. Laissons-le maintenant !

31

Oui, Je me suis occupé de ton affaire, honey. Tu te souviens de Wills ?... Il a un cousin qui était gardien à Rock Point ...
Et alors ?
C'est curieux ... L'histoire en effet n'est pas très claire ... Ce Valentine ...
Il a été exécuté, oui ou non ?
Je n'en sais rien ... En principe, oui, mais ... Voilà : le soir en question, Figure-toi que le F.B.I. a déboulé dans la tôle !...
Le F.B.I. ?... Grands Dieux, mais pour quoi faire ?
C'est ce que J'essaye de savoir. J'attends justement un coup de fil de ce type ... Tu peux me rappeler vers les onze heures ?
Et toi, du nouveau sur ton bonhomme ?... Ce ... Ce Price ?
Je crois, oui ... Je crois bien ...
Dis-moi, Andrew ...
... Chez vous autres, gens des grandes villes, est-ce qu'il est Fréquent de voir des balayeurs se balader avec une arme ?...
Avec quoi ?... Qu'est-ce que tu veux dire ?
Je t'expliquerai ... Bon, je te rappelle à onze heures, okay !?
OKay !... Je ...
Jenny !... Sois prudente !... Je ne sais pas trop dans quoi tu as mis les pieds... A priori, ça ne sent pas bon ...
Fais gaffe, bébé... Fais gaffe !
32

Mais merde !...
...Comment aurais-je pu me douter qu'il allait venir fouiller dans mon tiroir ?!
Je te l'ai dit : il se méfie ...
Non. Non, ce n'est pas ça !...
N'empêche ! Si Clyde n'avait pas été là pour nous prévenir... Ou s'il n'avait pas pris sur lui le dossier : on était dans une belle panade !
Tu as appelé le Colonel ?
Pour quoi faire ?... Pour le plaisir de nous faire passer un savon ?
Mmm... De toute façon, on sera bien obligés de le signaler sur le prochain rapport... Si on ne le fait pas, Clyde s'en chargera ...
J'espère seulement que le labo ne va pas nous rebalancer une nouvelle grille de stimuli et un nouveau parcours chimique. Reste moins de trois mois !... Le compte à rebours va être serré !
PF... Je suis crevée... Je suis crevée et j'en ai marre !
Vivement que tout ça se termine, que l'on puisse rentrer chez nous !
Pour ça, ma petite chérie, faudrait d'abord que l'autre là-bas soit redevenu opérationnel ! Ce qui est loin d'être fait !
Allez, bonne nuit !... Bichonne-le bien !...
Et n'oublie pas : "...Les câlins d'une bonne épouse peuvent jouer pour beaucoup dans son rééquilibrage neurophysiologique."
Oooh... La ferme!
...Si tu crois que ça m'amuse de jouer les bonnes épouses!
33

Tu dors, chéri ?...
"...Vivement que tout ça se termine, qu'on puisse enfin rentrer chez nous ..."
"...Dès que l'autre là-bas sera opérationnel..."
"...Bichonne-le bien ..."
clic !
"...Oooh, la ferme !... Si tu crois que ça m'amuse de jouer les bonnes épouses..."

Andrew ? C'est Jenny ! Je ...
??...
Q... Qui est à l'appareil ?
T:P ...
T:P...
Je ... Non ... Merci !... Ce n'est pas la peine ... Oui ...
Je le rappellerai plus tard !...
Qui était ce type ? Qu'est-ce qu'il fichait là ? Andrew m'avait pourtant dit ...
Bon sang ! Pourvu qu'il ne lui soit rien arrivé !

35

?!
Nom de Dieu! Il se tire!
?!
Price ?... J'ai bien fait de "planquer" ce soir!
VRV
Mais où peut-il bien encore aller ?
TIP TIP
Allô !?... Allô, Central ... Ici Clyde !...

On voulait me Faire croire que je devenais Fou !... C'est ça, hein, Docteur Alderson ?...
"Beau-père" ! Je t'en Foutrais, moi, des beaux-pères comme ça !...
Salopards ! Menteurs !...
Pittsburg
Du trompe-l'oeil et du carton-pâte !... Bidon ! Bidon !... Tout est bidon, ici !... Selby, ville bidon !!!
Tes pelouses, ton stade, tes piscines; Du chiqué, rien que du chiqué !
Décors de merde !
113.D81
Marionnettes à la con !... Tracy, Walter, Gino, Parker et tous les autres, tous pareils !... Bang! Bang! Vous êtes morts, vous entendez ?! Morts !!
117
Interstate 117
Philadelphia
Motel
POLICE
State Police
Du calme, George, détends-toi ...Tu as encore une longue route à faire !... Pas la peine de te faire remarquer, okay !

37

?!
...Bon Dieu!
La jauge est à zéro !!
K.KOOF
V...RR..R...
Je l'avais pourtant vérifiée la semaine dernière et les joints sont neufs...
À moins que là aussi...
?!
Une stupide panne !... Sans vous, j'étais coincé là pour un bout de temps !...
Vous allez à Pittsburgh?
Ouais. C'est 12 Dollars 50 !
YHOUND
Ouf !...
38

Suivre le "Greyhound" de Pittsburgh à 1h du matin ! Un "Greyhound" qui vient sans doute d'embarquer l'assassin de douze personnes !...
...Dans quelle histoire de fous ai-je encore été me fourrer ?!
" Fais gaffe, bébé !... Fais gaffe ! "
... Et Andrew ?... Bon sang, qu'a-t-il bien pu lui arriver ?
Cette voix au téléphone... Je ...
Non...
Andrew n'est pas là !...
Andrew n'est pas là ...
...Pas là ...
Ça suffit, Jenny !... Pourquoi entretenir de tels fantasmes morbides ?!...
La fatigue commence à se faire sentir !
39

Tracy veut retourner chez elle ...
Un "chez elle" qui n'est pas chez nous ...
Alors où est son "chez elle" ?... Et qui est-elle ?...
...Et qui est-il, lui, Walter, le soi-disant beau-père ?
...Et moi ?... Qui suis-je ?
... Si seulement j'arrivais à me revoir avant cette fichue opération !
...À les croire, nous habitions Washington, 1110 Willow Brook Avenue, et j'étais sous-directeur à la Bank of America, agence de Porte-Road ...
Hum !
Motel
Bel-Air
food and drinks
...De toute façon, c'est la seule piste dont je dispose ... Je dois essayer ...
Washington n'est qu'à une heure de vol de Pittsburgh.
GREYHOUND
Clean RMS.
Free Color
PHONE.

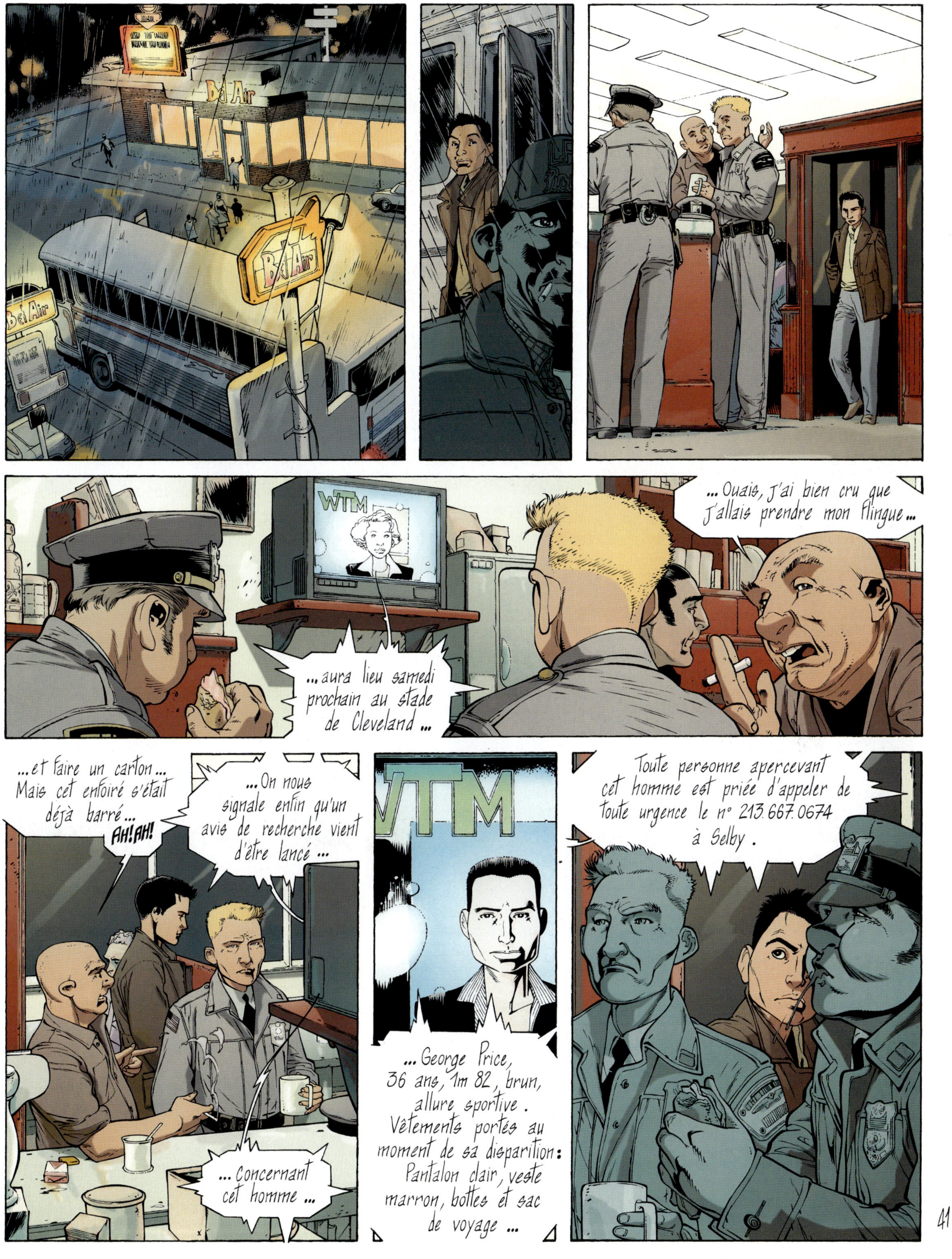
... Ouais, j'ai bien cru que j'allais prendre mon flingue ...
... aura lieu samedi prochain au stade de Cleveland ...
... et faire un carton ... Mais cet enfoiré s'était déjà barré ... AH! AH!
... On nous signale enfin qu'un avis de recherche vient d'être lancé ...
... concernant cet homme ...
... George Price, 36 ans, 1m 82, brun, allure sportive. Vêtements portés au moment de sa disparition : Pantalon clair, veste marron, bottes et sac de voyage ...
Toute personne apercevant cet homme est priée d'appeler de toute urgence le n° 213.667.0674 à Selby.
41

... Et voici le bulletin météorologique présenté par Warren Richardson ... Ciel dégagé demain sur la majeure partie de l'État ...
Restroom
Qu'est-ce que je fais ?... J'entre ou bien je ...
Toc! Toc! Toc!
?!
Mademoiselle, excusez-moi !... S'il vous plaît, pourriez-vous m'emmener ? C'est très urgent...
...Je vous paierai ...
Merci !...
Mais?!
Partez !... Vite !... Je vous en supplie !
Vous ne manquez pas d'air, vous !...
Vite!
... Je n'ai jamais dit que ...
Pittsburgh
Vite ?... Avec une Coccinelle ?!... Où allez-vous d'abord ?
Merci !... Je ... À Washington !... Une urgence ... Un problème de famille ... Ma femme ...
42

Votre femme ?... Elle est malade ?...
Heu... Oui ... Gravement malade... C'est ...
Vous me rendez un très grand service !... Je vous paierai, n'ayez crainte ... Si, si !
Me voilà donc avec Price-Valentine !... Plus près de lui que je n'aurais jamais pu l'espérer ...
... L'espérer ou le craindre !... Si c'est bien lui l'assassin dont on a parlé ...
... Pourtant, à le voir ainsi, il n'a rien d'un assassin ...
... Il ressemble plutôt à un homme traqué et malheureux ...
... Terriblement malheureux ...
Un peu de musique ?
Hmm ?... Comme vous voulez ...
43

Halte!!!
...Nous interrompons notre programme musical pour un communiqué spécial...
Attention! La police recherche George Price. Cet homme, disparu de son domicile depuis peu, est considéré comme le témoin capital d'une affaire concernant la sécurité de l'État!
...Voici son signalement...
Mettez-vous à la file et attendez votre tour!
Qu'est-ce qui se passe?
...Nous répétons... Tout renseignement relatif à cet...
CLIC!
C'est vous?...
...

C'est bon !... Vous pouvez y aller !
?
Là-bas !... Les voitures ralentissent... Vous avez vu ce ...
Un barrage !...
La Police !!!
Qu'est-ce qu'on ...
Accrochez-Vous !
HEY?...
... Non, lieutenant... Rien pour l'instant !... Okay, on continue les contrôles. Tenez-nous au courant !

Rodolphe / Le Tendre / Labiano couleurs : Scarlett

— Fin de la 1ère partie —